MARGRET & H. A. REY'S

Curious George

and the Firefighters

Jorge el curioso
y los bomberos

Illustrated in the style of H. A. Rey by Anna Grossnickle Hines
Ilustrado en el estilo de H. A. Rey por Anna Grossnickle Hines
Translated by Carlos E. Calvo Traducido por Carlos E. Calvo

Houghton Mifflin Harcourt   Boston New York

Copyright © 2010 by Houghton Mifflin Harcourt

Curious George® is a registered trademark of
Houghton Mifflin Harcourt Publishing Company.

All rights reserved. For information about permission to reproduce
selections from this book, write to Permissions, Houghton Mifflin Harcourt,
215 Park Avenue South, New York, New York 10003.

www.hmhbooks.com

The text of this book is set in Garamond and Weiss.
The illustrations are watercolor and charcoal pencil, reproduced in full color.

Library of Congress Cataloging-in-Publication Data is on file.
ISBN 978-0-547-29964-8

LEO 10 9 8 7 6 5
4500289515
Printed in China

This is George.

He was a good little monkey and always very curious.

Today George and his friend the man with the yellow hat joined Mrs. Gray and her class on their field trip to the fire station.

Éste es Jorge. Es un monito bueno y siente mucha curiosidad por todo.

Hoy, Jorge y su amigo, el señor del sombrero amarillo, acompañaron a la clase de la Sra. Gómez a una excursión al cuartel de bomberos.

3

The Fire Chief was waiting for them right next to a big red fire truck. "Welcome!" he said, and he led everyone upstairs to begin their tour.

El jefe de bomberos los estaba esperando al lado de un enorme camión rojo.

—¡Bienvenidos! —les dijo, y los llevó arriba para empezar la excursión.

There was a kitchen with a big table, and there were snacks for everyone. The Fire Chief told them all about being a firefighter. George tried hard to pay attention, but there were so many things for a little monkey to explore. Like that shiny silver pole in the corner . . . Where did that pole go? George was curious.

Había una cocina con una mesa grande y refrigerios para todos. El jefe de bomberos les contó cómo era ser bombero. Jorge hacía lo posible por prestar atención pero había muchas cosas que un monito como él podía explorar. Como ese poste brillante en una esquina...

¿Adónde iría ese poste? Jorge sintió curiosidad.

Why, it went back downstairs! There was the great big fire truck. There was a map of the city. And there was a whole wall full of coats and hats and big black boots!

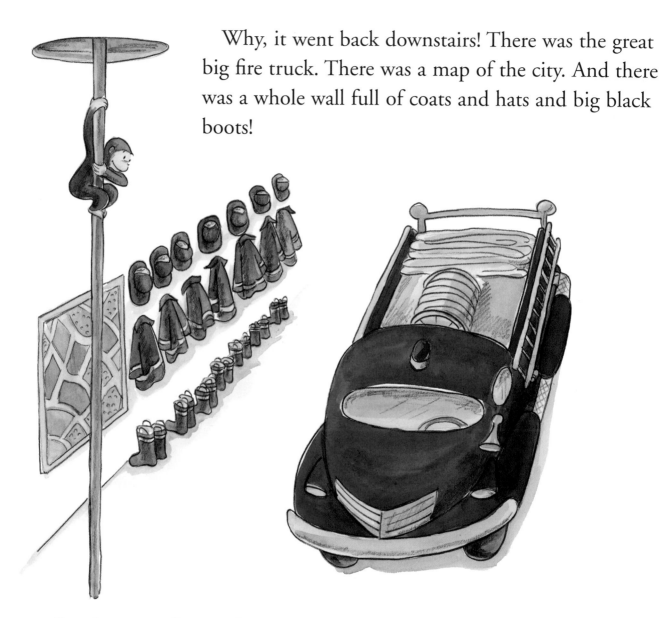

¡Iba de nuevo hacia abajo! Allí estaba el enorme camión de bomberos. Había un mapa de la ciudad. ¡Y había una pared llena de abrigos, cascos y grandes botas negras!

George had an idea. First he
stepped into a pair of boots.

A Jorge se le ocurrió una idea.
Primero se puso un par de botas.

Next, he picked out a helmet.

Luego agarró un casco.

And, finally, George put on a jacket.
He was a firefighter!
Suddenly . . . BRRRIINNGG!

Y finalmente se puso un abrigo. ¡Ya
era un bombero!
De repente... ¡RIIINNGG!

7

The firefighters all rushed in.

"This is not my helmet!" said one.

"My boots are too big!" said another.

"Hurry! Hurry!" called the Fire Chief. A bright red light on the map of the city told him just where the fire was. There was no time to waste!

—¡Éste no es mi casco! —dijo uno.

—¡Estas botas me quedan muy grandes! —dijo otro.

—¡Rápido! ¡Rápido! —gritó el jefe de bomberos. En el mapa de la ciudad se encendió una luz roja, indicando exactamente dónde era el incendio. ¡No había tiempo que perder!

One by one, the firefighters jumped into the fire truck.

Uno por uno, los bomberos se subieron al camión.

And so did George.

Y Jorge hizo lo mismo.

The fire truck
with all the firefighters
sped out of the firehouse.
And so did George!
The siren screamed and the lights flashed.

Una vez que todos los bomberos estuvieron dentro, el
camión de bomberos salió del cuartel a toda velocidad.
¡Y Jorge hizo lo mismo!
La sirena sonaba y las luces destellaban.

The truck turned right. Then it turned left.

WHOO WHOO WHOO went the whistle, and George held on tight.

El camión dobló a la derecha. Después dobló a la izquierda.

¡PIIII PIIII PIIIII!, sonaba el silbato mientras Jorge se agarraba con todas sus fuerzas.

And just like that the fire truck and all the firefighters pulled up to a pizza parlor on Main Street. Smoke was coming out of a window in the back and a crowd was gathering in the street.

"Thank goodness you're here!" cried the cook.

Inmediatamente el camión de bomberos paró frente a una pizzería de la calle Main. Salía humo por una ventana de la parte de atrás y la gente se amontonaba en la calle.

—¡Gracias a Dios que llegaron! —gritó el cocinero.

The firefighters rushed off the truck and started unwinding their hoses. They knew just what to do.

And George was ready to help.

He climbed up on the hose reel . . .

Los bomberos salieron rápidamente del camión y comenzaron a desenrollar las mangueras. Sabían lo que tenían que hacer.

Y Jorge estaba listo para ayudar.

Trepó a la rueda de la manguera...

One of the firefighters saw George trying to help, and he took George by the arm and led him out of the way.

"A fire is no place for a monkey!" he said to George. "You stay here where it's safe."

George felt terrible.

Al ver a Jorge tratando de ayudar, uno de los bomberos lo tomó del brazo y lo alejó del lugar.

—¡Los monos no deben estar en los incendios! —le dijo a Jorge—. Quédate aquí, a salvo.

Jorge se sintió muy mal.

George sat on the bench and looked around. Next to him on the ground was a bucket full of balls. George reached in and took one out. It fit in his hand just right, like the apple he'd had for a snack.

Jorge se sentó en un banco a observar. A su lado, en el césped, había un cubo lleno de pelotas. Jorge metió la mano y sacó una. Cabía perfectamente en su mano, igual que la manzana que había comido en el refrigerio.

15

A little girl was watching George. He tried to give her the ball, but she was too frightened.

Una niñita miraba a Jorge. Él trató de darle la pelota pero ella estaba muy asustada.

George took another ball.
And another.

Jorge sacó otra pelota.
Y otra más.

"Look," a boy said. "That monkey is juggling!"
—¡Miren! —dijo un niño—. ¡Ese mono está haciendo malabares!

16

The boy took a ball from the cage and tossed it to George, but it went too high.

El niño sacó una pelota del cubo y se la tiró a Jorge. Pero fue demasiado alta.

George climbed up onto the fire truck to get it.

Jorge trepó al camión de bomberos y la recuperó.

Now George had four balls to juggle. He threw the balls higher and higher. He juggled with his hands. He juggled with his feet. He could do all kinds of tricks!

Ahora Jorge tenía cuatro pelotas para hacer malabares. Cada vez tiraba las pelotas más arriba. Hacía malabares con las manos. Hacía malabares con los pies. ¡Podía hacer todo tipo de trucos!

The boy threw another ball to George. George threw the ball back to the boy. The little girl reached down and picked up a ball, too. Soon all the children were throwing and catching, back and forth.

El niño le tiró otra pelota a Jorge. Jorge se la tiró de nuevo. La niñita se agachó y también sacó una pelota. Muy pronto, todos los niños estaban tirando y atrapando pelotas hacia todos lados.

The Fire Chief came to tell everyone that the fire was out. Just then, the little girl laughed and said, "Look, Mommy—a fire monkey!"

El jefe de bomberos se acercó para decirles a todos que ya habían apagado el incendio. Entonces, la niñita se rió y dijo:—Mira, mami, ¡un mono bombero!

"Hey!" called the Fire Chief. "What are you doing up there?"

"What a wonderful idea," the little girl's mother said to the Fire Chief. "Bringing this brave little monkey to help children when they're frightened."

"Oh," the Fire Chief said. "Well, er, thank you."

—¡Ey! —gritó el jefe de bomberos— ¿Qué haces tú allí arriba?

—Tuvieron una idea genial —le dijo la mamá de la niñita al jefe de bomberos— al traer a este valiente monito para ayudar a los niños cuando sentían miedo.

—Oh... —murmuró el jefe— Bueno... muchas gracias.

21

Before long the fire truck was
back at the fire house, where a familiar voice
called, "George!" It was the man with the yellow hat.

"This little monkey had quite an adventure," said one of the firefighters.

"Is everyone all right?" asked Mrs. Gray.

Poco después el camión de bomberos estaba de regreso en el cuartel,
donde una voz conocida dijo:

—¡Jorge! —era el hombre del sombrero amarillo.

—Este monito ha vivido una gran aventura —le dijo uno de los
bomberos.

—¿Están bien? —preguntó la Sra. Gómez.

"Yes, it was just a small fire," said the Fire Chief. "And George was a big help."

Now the field trip was coming to an end.

But there was one more treat in store . . .

—Sí, era un incendio pequeño —le contestó el jefe de bomberos—
Y Jorge nos fue de gran ayuda.

La excursión había terminado.

Pero aún faltaba una cosa...

All the children got to take a ride around the neighborhood on the shiny red fire truck, and they each got their very own fire helmet. Even George! And it was just the right size for a brave little monkey.

Todos los niños fueron a dar un paseo por el vecindario en el brillante camión rojo de los bomberos. Y a cada uno le regalaron un casco de bombero. ¡A Jorge también! Y era del tamaño apropiado para un monito valiente.